Mon voyage à ATLANTIS

par Bob L'éponge

adapté par Sarah Willson
basé sur la télésérie
"Atlantis SquarePantis" par Dani Michaeli et Steven Banks
illustré par "The Artifact Group"

Presses Aventure

Stephen Hillenburg

Paru sous le titre original de : *My Trip to Atlantis*

Publié par PRESSES AVENTURE, une division de
LES PUBLICATIONS MODUS VIVENDI INC.
55, rue Jean-Talon Ouest, 2e étage
Montréal (Québec) H2R 2W8
Canada

Dépôt légal : Bibliothèque et Archives nationales du Québec, 2008
Dépôt légal : Bibliothèque et Archives Canada, 2008

Traduit de l'anglais par Catherine Girard-Audet

ISBN 13 : 978-2-89543-802-1

Nous reconnaissons l'aide financière du gouvernement du Canada par l'entremise du Programme d'aide au développement de l'industrie de l'édition (PADIÉ) pour nos activités d'édition.

Gouvernement du Québec — Programme de crédit d'impôt pour l'édition de livres — Gestion SODEC

Imprimé en Chine

L'histoire commence quand je suis en train de souffler des bulles avec Patrick.

- Regarde bien ça, Patrick, lui dis-je.

Je souffle, et souffle encore. Ma bulle est immense! Puis elle se referme autour de nous et s'envole dans les airs – en nous entraînant avec elle!

- Haaaa! Qu'est-ce que j'ai fait! m'écriai-je.
Nous flottons durant un long moment.
Nous aboutissons finalement dans une
grotte. C'est alors que nous entendons
un pop! La bulle éclate lorsqu'elle touche
un objet pointu!

- Quel est ce truc ? Ça ressemble à une vieille pièce de monnaie, dis-je. Comme la pièce semble plutôt ancienne, nous décidons de l'apporter au Musée de Bikini Botton.

Nous y rencontrons Sandy et Carlo.

- Où avez-vous trouvé ce truc ? demanda Carlo.

- Cette vieille pièce de monnaie ? lui demandai-je.

- C'est la pièce manquante de l'amulette atlantéenne ! dit Carlo.

Nous ne savons pas du tout à quoi
il fait allusion.

- L'omelette manquante ?
demanda Patrick.

- Non, l'amulette ! Elle provient
de la cité perdue d'Atlantis !

Il nous montre ensuite une toile
d'Atlantis qui est accrochée au mur.

- On prétend que les rues d'Atlantis sont pavées d'or, dit Carlo.

- Quoi ? s'écria Capitaine Krabs.

Ce dernier a surgi de nulle part !

Carlo nous raconte que la cité d'Atlantis
est reconnue pour ses arts et ses sciences.
- Ils ont aussi inventé des armes, mais
les habitants d'Atlantis sont pacifiques
et n'ont jamais eu à s'en servir, dit-il.

- Qu'est-ce que cette bulle fabrique ici ? demandai-je à Carlo.

- Il s'agit de la plus vieille bulle du monde. L'original se trouve à Atlantis.

Sandy a alors une idée.

- Joins les deux moitiés ! dit-elle.

Elles nous mèneront peut-être à Atlantis !

Carlo assemble alors les deux parties de l'amulette. Un grondement retentit, puis nous apercevons de puissants faisceaux lumineux.

Un fourgon apparaît soudain! L'amulette flotte jusqu'à lui et s'insère dans la carrosserie en émettant un bruit sec.

- En voiture! dit Sandy.

Vroum! Nous prenons notre envol!

Nous volons, et volons encore jusqu'à ce que – boum!

Nous sommes enfin arrivés!

Nous apercevons un immense palais.

- Bienvenue à Atlantis! annonça un homme. Je suis le Roi Seigneur Altesse Royale.

- Je m'appelle Bob L'éponge, et voici mes amis.

- Aimeriez-vous visiter notre majestueuse cité? demanda-t-il.

Nous acceptons tous en chœur, puis nous nous mettons en route!

- Nous sommes des experts dans le domaine des arts, des sciences, des armes et de la collecte de trésors depuis plusieurs siècles, expliqua le roi.

Capitaine Krabs se met à sauter de joie.

- J'adore les trésors! fit-il.

Le roi nous entraîne ensuite vers
la salle du trésor.

- Servez-vous! proposa-t-il au
Capitaine Krabs.

Nous laissons le Capitaine Krabs
dans la salle du trésor. Patrick et moi
brûlons d'envie de voir la plus vieille
bulle du monde.

Sandy demande ensuite au roi si elle peut voir le Mur des Inventions. Les Atlantéens ont inventé des tas de choses! Ils ont même inventé une machine qui peut tout transformer en crème glacée! Nous laissons Sandy poursuivre son exploration. Nous sommes toujours à la recherche de la bulle.

Carlo veut voir les œuvres d'art. Nous l'abandonnons devant le Mur des Arts.

- Je vous en prie, je vous en supplie, laissez-nous contempler la plus vieille bulle du monde! lui dis-je enfin.

Le roi sourit.

- Bien sûr!

- Voici notre trésor le plus précieux, déclara le roi. Cette bulle a plus d'un million d'années.

Je vous demande donc d'y faire très attention !

Le roi nous quitte. Nous observons la bulle.

- C'est la bulle la plus magnifique, la plus ridée et la plus ancienne que j'aie jamais vue ! m'exclamai-je.

Patrick est du même avis. Il décide de prendre une photo de nous avec la bulle.

19

Clic! Pop!

- Patrick, as-tu entendu quelque chose?

Patrick et moi échangeons un regard.

- Oh, non! crions-nous tous les deux.

Nous avons détruit le trésor le plus ancien et le plus précieux d'Atlantis !

\- Comment l'annoncerons-nous au roi ? demandai-je.

Ce soir-là, nous annonçons la mauvaise nouvelle au roi lors d'un grand festin. Il se met simplement à rire.

- Ce n'est pas la vraie bulle. Celle-ci est vraie! dit-il en nous dévoilant son trésor.

Patrick prend alors une photo de la vraie bulle. Cette dernière éclate aussitôt.

- Nous sommes vraiment désolés !
m'écriai-je.

Le visage du roi s'assombrit.

- Gardes ! s'écria-t-il.
Ne les laissez pas s'enfuir !

- COUREZ ! hurla Sandy.

Nous courons de toutes nos
forces. Les gardes sont à nos
trousses.

Nous tombons nez à nez avec Plankton.
Il conduit un char immense.

   - Inclinez-vous devant moi! dit-il d'un air
diabolique. Je possède maintenant l'arme
la plus puissante! Vous allez y goûter!

Il appuie sur un bouton.
Je suis terrifié!
Floc!

- Plankton veut nous faire goûter de la crème glacée! fit Patrick.

- Miam! lui répondis-je en prenant une grosse bouchée.

- Cet engin lance de la CRÈME GLACÉE ?
hurla Plankton d'un air furieux.
  Il descend du véhicule et se met
à frapper le char avec son pied.
  - Aïe ! s'écria-t-il.

Nous sommes contents d'avoir évité les foudres de Plankton, mais nous savons que le roi est encore en colère contre nous.

Le roi esquisse toutefois un sourire.

- Regardez! Un grain qui parle! dit-il.
Il remplacera parfaitement notre trésor
national qui a été ruiné.

- Je vous aurai! s'écria Plankton,
tandis que le roi le soulève du sol.

- Oui, cette chose est beaucoup mieux
que notre vieille bulle couverte de
poussière, dit-il.

Nous regagnons notre fourgon. Nous agitons
la main vers le roi en guise d'au revoir.
Il semble vraiment emballé par notre visite!

La mésaventure de
la bulle s'est finalement
bien terminée.
Atlantis est vraiment
un endroit génial!

Nous agitons la main vers Plankton en guise d'au revoir. J'espère qu'il appréciera Atlantis autant que nous!